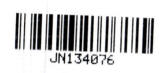

句集

六月の薔薇

阿部敬子

ROKUGATSU NO BARA

Hiroko Abe

樹芸書房

句集　六月の薔薇　＊目　次

句集　六月の薔薇

連凧

平成十九年～二十一年

海原へ百の連凧繰り出せり
光りつつ沖ゆく船や淑気満つ

探梅の峠に海の展けたる

春を待つ岸に釣り舟積みあげて

初蝶の紛れ込みたる花時計

廃校の巣箱に生まれ囀れる

神殿に出入り自由や春の鳥

夕きぎす塗畦に罅走りたる

馬来田の歌碑読みをれば雉子鳴く
末黒野に雨やはらかくそそぎけり

山城の天守は雷を呼びにけり

伊吹晴れ噴井に冷やす水饅頭

源流や夏うぐひすを浴ぶるほど

青嵐橋脚に水渦巻いて

桑の実や学童疎開を子に語る

大西瓜谷に冷やして待ちにけり

谷音の遠のいていくハンモック

バンガロー朴葉に包むにぎりめし

向日葵の迷路出られぬふたりかな

子をひとり残して赴任雲の峰

鬼やんま捕へ一目置かれけり

盆提灯父へ母へと灯しけり

ガジュマルの遺跡を抱く茂りかな

アンコールワット大きな虹のかかりをり

挨拶は拝む仕草や蓮の花

密林の世界遺産や大夕焼

邯鄲の聞ゆる森のレストラン

鹿の湯の硫黄の匂ひ昼の虫

ついと来る山の日暮や鉦叩

朴は実に谷川荒くなりにけり

赤とんぼこけしとなる木積まれあり

初鴨の水尾光り合ふ山の沼

噴煙の薄き遠嶺や芋茎干す

目を瞑り吾も花となる花野かな

逆上り出来ず団栗拾ひをり

跳び込む子跳ぬる子落葉のプールかな

胴上げの手を秋天へ伸ばしけり

爽やかにトランペットの凱旋曲

カナダ

機上より森と湖秋澄めり

紅葉また黄葉山湖の光りけり

国境にあと三マイル鹿過ぎる

ロブスターの籠積まれあり秋落暉

蝮酒笊の茸と並べ売る

流木に塔婆の混じる秋出水

菊人形逢瀬に夜の白みけり

病室の灯をふり返る十三夜

その中に父ゐるやうな焚火かな

竹筒の灯を辿り夜神楽へ

夜神楽の太刀に月光射しにけり

裸木となりてはじめて見ゆるもの

舞殿の蔀戸上ぐる鵙の朝

枇杷の花ときには力抜くことも

夕映えの雲ほぐれ初む神迎へ

湖に火の灯りたる蕪蒸し

枯蓮育ちし水に溶けゆけり

去年今年湾に船笛呼び交はす

雛の燭

平成二十二年〜二十三年

人日や粥に赤穂の塩少し

倒木の裂け目の匂ふ深雪晴

豆撒きの小鬼に足を踏まれけり

二の午を過ぎたる頃の安房の山

竹林のときをり撥ぬる春の雪

駄菓子屋に並ぶ自転車日脚伸ぶ

雛飾る一時帰国の少女かな

九の段の少しつかへて桃の花

雛の燭太き柱の磨かれて

似顔絵の頬に紅刷く春の風

島々を繋ぐ大橋陽炎へる

春潮の洗ふ小島の分教場

義経の緋絨鎧鐘おぼろ

巌づたひ灯台下の磯菜摘む

てふてふやごはごは乾く柔道着

雲に乗る「ノンちゃん」とゐて朝寝かな

櫂寝かせ落花の中を漂ひぬ

遊学の子を訪ひ京の桜かな

大岩を祀る村人山桜

一日を雑木林の芽吹きにゐ

稚魚放つ浅瀬きらめく子供の日

田を植ゑて村生き生きとしてきたり

雲を蹴り雲を飛び越えあめんばう
草笛を鳴らしふるさと引き寄する

うたた寝の田螺空飛ぶ夢を見て

筍の重き背負籠どんと置く

草茂る旧街道のきつね雨

行く先を明かさず発車蛍狩

蛍や山家の庭を通り抜け

一つ現れ突如蛍の川となる

山頂に雲湧く日なり竹煮草

国宝の吊目の土偶蟬時雨

篠笛に始まる語り星涼し

麦星に大松明の火の粉かな

駅鈴の涼しき島に来りけり

島人の都言葉や燕子花

夏鶯島中に牛放し飼ひ

星の飛ぶ遠流の島に宿りけり

盆棚や二間つづきを開け放ち
背戸山の風を入れたる夏座敷

一抱への大黒柱風涼し

父の忌の大き西瓜を切りにけり

踊る手の闇を返して進みけり

秘湯へと坂くだり行く大文字草

朝市の良く売れてゐる栗おこは
崩れ簗稜線くつきりしてきたる

女子大の百年館や小鳥来る

空稲架に海風尖る日暮かな

青嶺

平成二十四年〜二十五年

雑煮箸筆太に書く二十歳の名

無口なる父と子年酒酌みにけり

歌留多読む母いきいきとしてきたり

人力車春着の色のあふれけり

にこにこと鰭酒の蓋取りにけり

青竹の井戸蓋ずれてゐる寒さ

無人駅の万葉歌碑や梅探る

湾に沿ふコンビナートや建国日

檸檬一個詩集に添へて寒見舞

船宿の衛星アンテナ日脚伸ぶ

鳥雲に父母も昭和もはるかなり

鯨塚に海鳴り激し春疾風

合格を決めて取り出すトーシューズ

シャボン玉まだ吹けぬ子の大きな目

畦を焼く古墳近くに住み古りて
登りゆく甘樫の丘初音かな

天平の伽藍の礎石亀鳴けり

春寒やレンズの中の土星の環

後々のことはさておき桜かな

笑み交はし花の下ゆくサリーかな

手に髪にたんぽぽ少女野を駆くる

主亡きたかんな藪を出でにけり

船笛に噴水高くあがりたる

六月の薔薇金婚の予約席

草笛を句碑に聞かするやうに吹く

黒潮の洗ふ岬や枇杷熟るる

青嶺指し笛吹川を渡りけり

竹皮を脱ぐ瀬音の高き狐川

漣に夕日代田となりにけり

いま植ゑし瓜苗に影生まれたり

太宰忌や傘広げたり畳んだり

落葉松の緑雨の底を歩きけり

祖父

浜木綿を咲かせ白寿となり給ふ

梯梧咲き軒に天水甕ひとつ

白靴やオペラ座前で再会す

跳ね橋をマストの通る夕焼かな

ゲルニカを描きしアトリエ蔦青し

羅やオペラ座に見るリハーサル

秋の蚊に刺さる秘仏を仰ぎゐて

鐘楼の影伸びてくる木賊かな

山水の筧にあふれ新豆腐

糸瓜忌の穂紫蘇からりと揚がりけり

早稲の穂の色づき父の忌を修す

秋刀魚焼く七輪母のありし日よ

母支へ歩きし道よ野紺菊

雀らに遊ばれてゐる捨案山子

韓国

爽籟や朱色の褪せし木の玉座

中庭に大甕並ぶ草の花

オンドルの焚口のぞく葉鶏頭

海印寺の仏具を磨く菊日和

参道に声高に売る棗の実

錆深き出土の王冠ちちろ鳴く

王陵の芝のまろみや万の露

陵に松の影さす十三夜

猪垣を結ひ八犬伝の里に住む

大猪罠にかかりて生臭し

防人の裔か上総の鉦叩

なびき藻の川面に秋日濃かりけり

山荘の天窓星の流れけり

星月夜色深みゆく蘭の酒

虫入りの琥珀の指輪秋兆す

長き夜や白黒映画見て泣きぬ

山荘の紅葉明かりの文机
谷底に薄日の届く朴落葉

ひところ日の当たりをり浮寝鳥

音もなく日照雨過ぎゆく冬紅葉

笹鳴きや竹林に日の差しこみて
小さき願ひ一つ叶ひて日記果つ

爽籟

平成二十六年〜二十七年

集ひ来て校歌の海の初日待つ
六人に年玉包むめでたさよ

新成人傘寿の祖父の年酒受く

歌会始ポニーテールの少女ゐて

国引きの出雲の浜の吉書揚

はや二月暦の巻き癖取れぬうち

合格を告げて本屋に寄りにけり

記念樹の樺の色増す四温かな

末黒野の小さき踏切鳴りにけり

中山晋平記念館

掛軸は楽譜の拓本あたたかし

息つめて睫毛を描く雛師かな

眉を描く細筆並ぶ雛工房

糸銜へ雛の髻結はへけり

いくたびも雛の髪梳く手のやさし

啓蟄や水切石のよく跳ねて
一輪車の両手は翼風光る

大樟に日の当たりをり卒業す

卒業のガウンの中のチマチョゴリ

大寺の築地のくづれ雀の子

鐘霞む御朱印帳を新しく

天平の大屋根すべる恋雀

つちふるやエンタシスてふ太柱

春暁の外湯鳥の名言ひ合へり

灯台の見ゆる軒先目刺干す

噴煙の島に真向かひ吊し雛

七島の名を言ひ合うてゐる日永

落葉松の芽吹きは水の湧くやうに

一筋に生きて逃水追ふごとし

屋根替の寺に伊八の欄間かな

軒先に積む屋根替の萱の束

方位盤家郷のさくら思ひけり

落花浴ぶ光のシャワー浴ぶやうに

シンフォニー高鳴るごとき芽吹山

森はいま大き鳥籠囀れる

峡の田にさざなみ立ちぬ山桜

天辺に嬰の名踊る武者幟

村中に疎水の走る五月かな

花杏北信五山晴れ渡り

蔓薔薇の出窓を風の通りけり

蚕豆のやうな三人子五月来る

鳥の声聞き分けてゐるハンモック

山清水リュックの鈴の止まりけり

榛の木の木洩れ日揺るる泉かな

道をしへ浅間の見ゆるところまで

ストレッチして荒梅雨の底にをり

柞原赤き梅雨月上がりけり

明易の繋ぎ止めたき夢に醒め
蟇鳴くや己が齢に驚きて

採り過ぎの梅の始末に追はれけり

手の平に均す糠床朝曇

古書匂ふ夫の書斎や扇風機

白絣若き岳父の遺影かな

切り抜きの夫の昭和を曝しけり

箒の柄しならせて掃く夏落葉

風鈴や谷川へ向く勝手口

河童忌や庭の干梅塩を噴く

鬼やんま杜の湧水叩きをり

夕立過ぎ夕日の村となりにけり

鰯雲安達太良山より拡がれり

実むらさき智恵子生家の井戸に水

秋の声智恵子の紙絵あまた見て

秋風や軒の杉玉「花霞」

爽籟のアッピア街道歩きけり

サンマルコ広場を浸す秋の潮

古城への坂に猪肉売られをり

草の花古代ローマの水道橋

ポニーテール揺るる輪舞や文化祭

落葉踏みわが青春の寮舎跡

裏山の一族の墓小鳥来る

母あらばちやうど百歳白障子

山の湯の帳場に炭の爆ぜにけり

山晴れて牛舎の裏の唐辛子

煤逃や焙じ茶を買ふ神楽坂

数へ日の極楽鳥花抱へ来る

ミャンマー湖の民

蓮開く水上ロッジに目覚めけり

仏桑花ロッジに鶏の放し飼ひ

布袋葵小舟操り通学す

浮島へ小舟を寄せてトマト採る

崩れゐる仏塔あまた草いきれ

蓮糸を織りゐる少女目の涼し

冬芽

平成二十八年〜二十九年

年酒酌む男の子三人育て上げ

餅花を仰ぎ参道押されれ行く

身の丈の俳句を賜へ初天神

初芝居見むと行列木馬館

陰膳の雑煮単身赴任の子

夫の著の『ワシントン戦記』読初に

寒晴やホース巻きゐる消防士

神鏡に映るマスクを外しけり

過労の子憂ふ建国記念の日

余寒なほ鎮魂の鐘海へ撞く

梅の花初の背広を誂へて

初任地の配属決まる花辛夷

地球儀の太平洋や日脚伸ぶ

待春の籾殻厚く畑に敷き

母の忌のはらからと見る桜かな

てふてふと海女の花畑めぐりけり

海光のあまねし安房のあらせいとう

蓬摘む養蜂箱の置かれあり

鷗外の旧居に雛とデスマスク
さざ波や黄あやめの芽の揃ひたる

惜春や遠ざかりゆく櫂の音

歌舞伎座の幕見の列の春日傘

桜湯の小さき蕾も開きけり

初燕野外舞台を過りけり

砂浜の流木に座す啄木忌

タンカーの行き来の沖やかぎろへる

行き摺りの人に教はる春の虹

空海の御霊屋の灯や朴の花

新茶汲む日々を大事に過ごしたし

いち早く若竹となる風の中

白藤や撞木かすかに揺れてをり

山吹を挿しあり庫裏の勝手口

竹垣で囲ふ大杉若葉光

日蓮の火急を告げに黒揚羽

開拓の汗の日語る卒寿かな

取材受く八十二歳の登山杖

稜線のみな傾ぎ咲く峰桜

星飛んでランプの宿の三斗小屋

ニューヨーク

三十年ぶりの再会明易し

礼拝のあとのブランチ卓に薔薇

夕涼や野兎遊ぶ裏庭に

樹々の間の独立祭の遠花火

鎮魂のグランド・ゼロや作り滝

引き潮に残され砂となる海月

聞きなれぬ言葉飛び交ふ星月夜

晩涼や眠らぬ電光掲示板

百歳の母の遺せる香水瓶

生垣の家に住み古り門火焚く

妣も来てをり草市の茣蓙匂ふ

青芒歩めば心軽くなる

秋澄むや床の間の花描きかけて
縁側に律の声聞く種瓢

立礼の菓子は「おとづれ」萩の風

子の名書き瓦奉納初紅葉

霧に灯し配流の島に接岸す

草雲雀朝の搾乳始まりぬ

倒伏の稲刈る鎌を研ぎにけり

学食のハラールメニュー文化の日

鴨の声木の間に沼の光りをり

吊橋の袂自然薯買ひにけり

交響詩のごとき落日秋の山

月明や赤き茸を齧る虫

べか船の小さき桟橋草の絮

十三夜芝白金へ狸橋

梟や祖母の蒲団に潜りこむ

十二月八日水仙つぼみ持ち

霜菊の抱き起こされしやうに逝く

方丈の魚板の凹み雪催ひ

供養とは思ひ出すこと冬菫

遺されし日記読みをり笹子鳴く

神輿庫に冬至の朝日さしにけり

冬菊を手桶に深川めし屋かな

煤逃げの見上ぐるチバニアンの崖

蒼天や梢に冬芽並びたる

落葉踏む今ある時を確かめて
声明のやうに木の葉の舞ひにけり

跋

櫛原希伊子

　敬子さんの心の風景が、俳句という十七音の枠の中を、或るときはおおらかに、或るときは熱く、或るときは優しく風のように吹き抜けてゆきます。自分自身を憩いの在り所にしてゆく、そんな敬子さんに触れたくて『六月の薔薇』を読ませていただきました。

　第一句集『花野より』の誕生は、平成十九年十一月でしたからその後の大切な十年を過ごした道程が、ここにあります。房総生まれの明るさと前向きの姿勢と、ご家族への心遣いのこまやかさの日々は、相も変わらずの敬子さんです。

　海原へ百の連凧繰り出せり

光りつつ沖ゆく船や淑気満つ

探梅の峠に海の展けたる

如何にも生気に満ちた、房総生まれに誇りをもった敬子さんがいます。私は、敬子さんのこの勢いが、たまらなく好きなのです。

九の段の少しつかへて桃の花

雲に乗る「ノンちゃん」とゐる朝寝かな

豆撒きの小鬼に足を踏まれけり

シャボン玉まだ吹けぬ子の大きな目

一輪車の両手は翼風光る

蚕豆のやうな三人子五月来る

てふてふやごはごは乾く柔道着

息子さんの海外赴任中、お孫さんたちを一時お世話していた頃の楽しそうな俳句です。時々のお孫さんたちの訪問は、可愛くて賑やかで「日記のように俳句つくっています」と明るく笑っていらしたのが、ついこの間のことのようです。それぞれのお孫さんを詠んだ句には、敬子さんの心が添っているので、ほのぼのとした温かみが、私たちにも伝わってくるのでしょう。愛すべき句ばかりです。

集ひ来て校歌の海の初日待つ
雑煮箸筆太に書く二十歳の名
無口なる父と子年酒酌みにけり
夫の著の『ワシントン戦記』読初に
いち早く若竹となる風の中

お正月は阿部家の皆さんが一堂に会するおめでたい日。「いち早く」の句、可愛いお孫さん達の「若竹のめざましさ」が、これからの時代を、どう動かしていくのか。敬子さんのこの句の下五に置いた「風の中」が祷りのように、私の胸に沁みました。

六月の薔薇金婚の予約席

句集の題となさったこの句。ご家族皆さん共にお喜びのお祝いが薔薇の香りに包まれての景として目に浮かびます。ご結婚後間もなくの夫君の赴任先、ワシントンD・Cでの多忙な日々が始まりました。それは夫君にとっても敬子さんにとっても「人生一大事」の緊張と覚悟の日々だったということを、この度お話して下さいました。

切り抜きの夫の昭和を曝しけり

この句により、敬子さんの夫君に尽くされている、ひたむきな姿勢を思い胸を打たれました。共に戦った仕事の毎日を、この五十年の歳月の中での思い出として共有できたことは、敬子さんにとって宝物ではないでしょうか。

引き潮に残され砂となる海月
枯蓮育ちし水に溶けゆけり
日蓮の火急を告げに黒揚羽

心魅かれた、これらの句には、ご自身に画した一線を大切に見守る、いさぎよい強さがあります。常に、見たものしか詠まないとさりげなく言われますが、みたものの確かさを把握しているから、これらの句が生まれたのであろうと思われます。吟行していても、「私達は見た」ではなくて「私は見た」の心構えの敬子さんの骨頂を羨ましく思います。見つめられた「海月」といい、「枯蓮」といい「黒揚羽」といい、これらがそのまま一句の中に、こころよく坐っているのです。

　落葉踏む今ある時を確かめて

　声明のやうに木の葉の舞ひにけり

舞う木の葉と同じように、時の間に間に、己を同化させ、あたりの空気に身を馴染ませてゆく無心の敬子さん。

お好きだった母上への句

　母の忌のはらからとみる桜かな

を挙げて第二句集御上梓を心からお祝い申し上げます。

平成三十年　卯の花月

あとがき

平成十九年に第一句集『花野より』を上梓してから早十年、その間に大串主宰のご選をいただいて「百鳥」に掲載された句の中から、櫛原希伊子様や畏友・小野崎清美さんに選んでいただいた三百二十八句を第二句集にまとめました。

産土の「房総の万葉」研究からスタートした私でしたが、短歌では人間の情感がそのまま表現されることに違和感を覚えはじめたころ、「俳句ならもっと少ない言葉で、うしろにあるもっと大きな世界を表現できる」と教えられ、俳句への一歩を踏み出しました。しかし、この方向転換は難しく、いまでもともすれば「ものいう短歌の世界」に引き戻されそうになります。幸い大串主宰のもとで学ばせていただき、句友みなさまと切磋琢磨する機会を得て今日があると深く感謝しております。

日本経済の高度成長期に企業戦士のひとりであった夫と暮らしておりましたので、後に句作にいそしむようになってからも、日常の生活者の視点から離れがたく、生活雑感の句が多くなりました。

句集名の『六月の薔薇』は来し方のさまざまなことを思い出しながら「六月の薔薇金婚の予約席」からとりました。「わび」「さび」の俳諧の世界に、明るく華やかな『六月の薔薇』はふさわしくないかとも思いましたが、これからも元気を出して前向きに挑戦を続けようとする私のささやかな決意です。

櫛原希伊子様からは、第一句集に続いてお心のこもった跋文をお寄せいただきました。心からお礼を申し上げます。また大串主宰をはじめ、句友の皆さまの温かいご指導、ご鞭撻にも重ねて厚くお礼申し上げます。

ありがとうございました。

平成三十年四月

阿部敬子

著者略歴

阿 部 敬 子（あべ　ひろこ）

1937年　８月、千葉県に生まれる
1993年　１月、榎本好宏俳句教室で手ほどきを受ける
1994年　４月、「百鳥」入会　大串章に師事
2001年　１月、「百鳥」同人
2007年　11月、第１句集『花野より』（角川書店）上梓

俳人協会会員

住所：〒262-0032
千葉市花見川区幕張町３-1096-８

句集

六月の薔薇

百鳥叢書第109篇
平成三十年六月十日　初版発行
著　者　阿部敬子
発行者　小口卓也
発行所　樹芸書房
〒一八六-〇〇一五　東京都国立市矢川三-三-一二
電話・FAX　〇四二(五七七)二七三八
編集製作　ピーズ・オフィス
印刷所　明誠企画

ISBN 978-4-915245-70-1
定価は裏表紙に表示してあります。
落丁・乱丁本はお取り替えいたします。

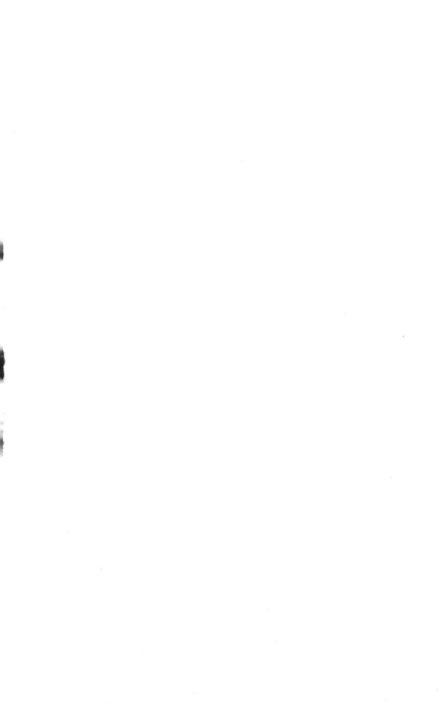